Prof. Dr. Hengstenberg

Ueber den Eingang des Evangeliums St. Johannis

Anatiposi

Prof. Dr. Hengstenberg

Ueber den Eingang des Evangeliums St. Johannis

Unveränderter Nachdruck der Originalausgabe von 1859.

1. Auflage 2023 | ISBN: 978-3-38220-186-9

Anatiposi Verlag ist ein Imprint der Outlook Verlagsgesellschaft mbH.

Verlag: Outlook Verlag GmbH, Zeilweg 44, 60439 Frankfurt, Deutschland
Vertretungsberechtigt: E. Roepke, Zeilweg 44, 60439 Frankfurt, Deutschland
Druck: Books on Demand GmbH, In de Tarpen 42, 22848 Norderstedt, Deutschland

Ueber den Eingang

des

Evangeliums St. Johannis.

Ein Vortrag

gehalten

auf der Berliner Pastoral-Conferenz

von

Prof. Dr. Hengstenberg.

Berlin.

Verlag von Gustav Schlawitz.

1859.

deren Geschichte in dem Evangelium erzählt werden soll, und zwar also, daß er nicht bei ihren menschlichen Anfängen stehen bleibt, sondern bis auf ihr vorweltliches Daseyn zurückgeht. Im Einklange mit dem, was gegen das Ende (in C. 20, 31) in Bezug auf den Zweck des ganzen Evangeliums gesagt wird, es sey geschrieben, damit die Leser glauben, daß Jesus der Christ ist, und durch den Glauben das Leben erhalten in seinem Namen, ist das Hauptaugenmerk auf die Hoheit der Person Jesu gerichtet, und ein tiefes Gefühl für dieselbe in den Herzen der Leser und Hörer zu erwecken, damit sie mit dem Bewußtseyn an das Folgende herantreten: ziehe deine Schuhe aus, denn hier ist heiliges Land, das ist die Tendenz, die sich durch alles hindurchzieht.

Der Eingang bietet keine fortlaufende Geschichtserzählung dar — eine solche würde sich für einen Eingang wenig passen — sondern die Rede nimmt in ihm dreimal einen neuen Ansatz, damit die göttliche Hoheit des Erlösers von verschiedenen Seiten Beleuchtung empfange. Der erste Absatz, B. 1—5, gibt die Geschichte des Wortes in großen Zügen, wie es vor aller Creatur bei Gott und Gott war, wie die Welt durch dasselbe geschaffen wurde, wie von Anfang an in ihm der alleinige Quell des Lebens und des Lichtes war, wie dies Leben und Licht sich kundgab, aber verschmäht wurde. In dem zweiten Absatz, B. 6—13, wird die weitere Ausführung in Bezug auf diese Manifestation gegeben, die Ankündigung durch den Täufer, die persönliche Erscheinung, wie die Finsterniß es nicht ergriff, wie es sich aber an denen, die es aufnahmen als das Licht scheinend in der Finsterniß bewährte, sie des höchsten für die Menschen vorhandenen Heiles, der Gotteskindschaft theilhaftig machte. In dem dritten Absatz gleich zu Anfang der durch alles Vorangegangene vorbereitete bezeichnendste Ausdruck für die Sache, der Höhepunkt des ganzen Proömiums: das Wort ward Fleisch, und dann der Jubel über den Reichthum der Güter und Gaben, der im unmittelbaren Zusammenhange mit dieser Thatsache dem menschlichen Geschlechte zu Theil wurde. Hier ist mehr als Johannes der Täufer; denn der Täufer bezeugt selbst, daß, der nach ihm auftrat, vor ihm gewesen. Hier ist mehr als Moses: denn durch Moses wurde nur das Gesetz als äußerer Buchstabe gegeben, durch Jesum Christum ist die Gnade gebracht worden, und mit ihr an die Stelle des Schattens die Wahrheit. Durch Ihn ist der unsichtbare Gott, zu dem kein geschaffenes Wesen directen und unvermittelten Zugang hat, dem menschlichen Geschlechte nahe gebracht und offenbart worden.

Der geschichtliche Name des Erlösers, Jesus Christus, tritt uns erst am Ende des Einganges, im Uebergange zu der geschichtlichen Erzählung, in B. 17 entgegen. Alles, was im Vorhergehenden von dem Worte, das im Anfange war, von dem wahrhaftigen Lichte, von dem Leben gesagt worden, wird hier auf einmal an diese allbekannte historische Persönlichkeit angeknüpft, die in dieser Anknüpfung strahlt, wie das Licht des Morgens, wenn die Sonne aufgeht.

Der Erlöser erscheint zuerst in dem Eingange unter dem Namen des Logos, der am Schlusse in den Namen Jesus Christus gleichsam einmündet. Die Hoheit der Person Christi stellt Johannes dadurch ins Licht, daß er uns in die Tiefen des göttlichen Wesens hineinführt und uns auf den verborgenen Hintergrund hinweist, welchen in diesem die irdische Erscheinung Christi hat.

Es entsteht hier die wichtige Frage: schließt sich Johannes in seiner Lehre von dem Logos, der im Anfange bei Gott und selbst Gott war, durch den alle Dinge geworden sind, an das A. T. an, oder hat diese Lehre vielmehr menschliche Speculationen zu ihrer Voraussetzung? Geht Johannes hier mit Moses und den Propheten oder vielmehr mit dem Alexandriner Philo Hand in Hand?

Soviel ist jedem Schriftkundigen von vornherein gewiß: finden sich im A. T. die Anhaltpunkte für diese Lehre, so ist sie auf diese zurückzuführen. Denn dafür sprechen alle Analogien. Das N. T. steht, was die Lehre selbst, nicht ihre bloßen Ausdrucksformen betrifft, überall im unmittelbaren Zusammenhange mit den canonischen Büchern des A. B., und der Fall, wo wir uns auf ein Mittelglied angewiesen fänden, wo wir

auf apocryphische und überhaupt außercanonische Literatur zu-
rückgehen müßten oder auch nur dürften, findet sonst nie statt.
Schon das ist charakteristisch, daß die alttestamentliche Prophetie
verstummt mit der Hinweisung auf den Boten, der den Weg
vor dem Herrn bereiten, auf den zweiten Elias, der die Herzen
der Väter zu den Kindern und der Kinder zu den Vätern zu-
rückführen soll, das N. T. mit dem Auftreten eben dieses Boten
beginnt, des in Geist und Kraft des Elias auftretenden Johannes. Am wenigsten aber dürfen wir grade bei dem Apostel
Johannes eine Ausnahme von der Regel, ein Ueberschreiten des
geweihten Bodens der Heiligen Schrift erwarten. Zu seinem
Wesen gehört die heilige Schroffheit, das scharfe Abschneiden
zwischen dem, was von oben her stammt und was aus der
Welt, bloßes Product natürlicher Entwickelung ist.

Bei näherer Untersuchung nun zeigt sich, daß das A. T.
in unserm Fall die nöthigen Anknüpfungspunkte vollständig darbietet, und daß wir gar keinen Grund haben, uns anderweitig
nach solchen umzusehen.

Vor Allem kommt hier die Lehre des A. T. von dem
Engel Gottes oder Jehovas in Betracht, der sich als weit erhaben darstellt über die Sphäre der niederen Engel, mit denen
er den Namen nur deshalb gemein haben kann, weil dieser
Name nicht das Wesen bezeichnet, sondern die Function, dem
alle Prädicate des wahren Gottes beigelegt werden, der in seinem Namen redet, für sich die Ehre des ewigen Gottes in
Anspruch nimmt, und als Gott angeredet und behandelt wird.
Schon in der Prophetie des A. T., ganz besonders bei den
letzten Propheten, Sacharja und Maleachi, tritt diese Lehre von
dem Engel des Herrn in Verbindung mit der Lehre von Christo.

Eine nicht unbedeutende Differenz aber findet sich vor zwischen dem Logos und dem Engel des Herrn. Der letztere erscheint nur als Mittler zwischen Gott und seinem Volke, nie
aber als der, durch den Gott die Schöpfung vollbracht hat.
Man sieht aber leicht, daß er unter diesem Namen gar nicht
als solcher sich darstellen konnte. Der Name des Engels oder
Boten setzt das Vorhandensein solcher voraus, an welche die

Miſſion ergeht. Er iſt nicht Bezeichnung des Weſens, ſondern Name eines ſpeciellen Amtes. Wenn daher im A. T. derſelben Perſon, welche nach ihrer Mittlerſchaft im Verhältniß zum Bundesvolke den Namen des Engels des Herrn führt, auch die Theilnahme an der Weltſchöpfung beigelegt werden ſollte, was wir von vornherein als wahrſcheinlich betrachten müſſen, da beides in einer inneren Verbindung mit einander ſteht, ſo müßte ſie unter einem andern Namen ſich darſtellen.

Da kann nun keinem Zweifel unterworfen ſeyn, daß uns der Logos als Theilnehmer an der Weltſchöpfung in der für dieſe Materie claſſiſchen Stelle Prov. 8, 22 — 31 unter dem Namen der vorweltlichen und weltbildenden Weisheit Gottes entgegentritt. Der göttliche Vermittler der Weltſchöpfung erſcheint als die perſönliche Weisheit, weil er nach ſeiner in der Schöpfung entwickelten Weisheit hier in Betracht kommt. Man hat mehrfach dort eine rein dichteriſche Perſonification einer Eigenſchaft Gottes angenommen. Gegen eine ſolche ſpricht aber ſchon, daß, was hier bei der realen Auffaſſung von einer zweiten Perſon in der Gottheit als betheiligt bei der Weltſchöpfung ausgeſagt wird, Hand in Hand geht mit der anderweitig in der Lehre von dem Engel Gottes hervortretenden Unterſcheidung zwiſchen dem verborgenen Gott und ſeinem Offenbarer. Dann hat die reale Auffaſſung das ſpätere nationale Verſtändniß für ſich.

Steht es nun feſt, daß das A. T. die Anknüpfungspunkte darbietet für die Lehre von einem gottgleichen Offenbarer Gottes, und ſpeciell auch für die durch ihn bewirkte Weltſchöpfung, ſo bleibt nur Eins noch übrig, bei dem in Frage ſteht, ob dafür ebenfalls ein altteſtamentliches Fundament vorliegt, oder ob wir uns dafür nach einem außerbibliſchen Anknüpfungspunkte umſehen müſſen, nämlich der Name Logos, unter dem der göttliche Mittler uns hier entgegentritt.

Es fragt ſich vor Allem, wie dieſer Name zu erklären iſt. Da iſt nun zuerſt außer Frage, daß der Logos nichts Anderes bedeuten kann, als das Wort. Dieſe Erklärung wird ſchon einfach durch den Sprachgebrauch erfordert. „Ὁ λόγος — ſagt Lücke

— wird weder bei Johannes, noch bei irgend einem anderen biblischen Schriftsteller von der Vernunft oder dem Verstande Gottes oder auch der Menschen gebraucht." Bliebe noch ein Zweifel, so würde er beseitigt durch die unverkennbare Beziehung, in der der Logos auf die Geschichte der Schöpfung steht, wo durch das Wort Gottes Alles geschaffen wird. Das: „Alles ist durch ihn geworden hier" geht unverkennbar Hand in Hand mit dem: durch das Wort des Herrn sind die Himmel gemacht worden, in Pf. 33, 6.

In welchem Sinne aber wird der göttliche Offenbarer das Wort genannt? Es liegen entscheidende Gründe vor gegen die Annahme, er heiße so als das Organ göttlicher Offenbarung an die Menschen, oder auch als der Gegenstand der evangelischen Verkündigung, oder der von den Propheten des A. T. verkündigte u. s. w. Alle solche Annahmen vermögen den Thatsachen nicht gerecht zu werden. Man sieht nicht ein, warum dann grade hier diese Bezeichnung gewählt ist, die jenseits des in die himmlischen Tiefen des Ursprunges Christi hinabsteigenden Prologes in dem Evangelium nirgends wiederkehrt, die also zu dem specifischen Inhalte des Prologes in enger Beziehung stehen muß. Hieher gehört nur ein solcher Name, durch den das vorweltliche Daseyn, die innige Gemeinschaft mit Gott, die Gottheit bezeichnet wird, und aus dem sich die Theilnahme an der Weltschöpfung unmittelbar ergibt. Daß durch den Namen des Logos das Höchste bezeichnet wird, was von Christo ausgesagt werden kann, zeigt der Gegensatz des Fleisches in B. 14, zumal, wenn die alttestamentlichen Parallelstellen verglichen werden, in denen Fleisch und Gott sich gegenüber stehen. Nach demselben Verse hat der Logos als solcher eine Herrlichkeit, welche er offenbart. Nach dem Anfange des ersten Briefes Johannis ferner ist der Logos das leibhaftige Leben. Von ganz besonderer Bedeutung aber ist C. 19, 13 der Apokalypse, die in der Wiederkehr des dem Johannes allein eigenthümlichen Namens eine Signatur ihres Johanneischen Ursprunges hat. Es heißt dort von Christo als dem allmächtigen Sieger über die gottfeindliche Welt, als dem, der seiner Kirche

Bahn macht mitten durch die wilden Waffer der Oppofition, mitten durch das Toben der Heiden: „Und er ift angethan mit einem Kleide getaucht in Blut, und fein Name wird genannt das Wort Gottes." Der Name muß hier die Ausbeutung der Kleidung feyn, beidem der vernichtende Charakter gemeinfam; beides muß Chriftum als den Helden verkündigen, dem nichts Gefchaffenes zu widerftehen vermag. In den ganzen Abfchnitt paßt nur ein polemifcher, Vernichtung drohender, auf die Bekleidung Chrifti mit der Allmacht hinweifender Name.

Ueberall, wo der Name Logos vorkommt, erfcheint er in Verbindung mit dem Höchften und Göttlichften, was von Chrifto ausgefagt werden kann. Das ift unerklärlich, wenn der Name ein folcher wäre, der an fich auch einem menfchlichen Mittler beigelegt werden könnte, das führt darauf, daß der Name felbft folche Gottesfülle Chrifti bezeichnet.

Das ift nun in der That der Fall, wenn der Name auf 1 Mof. 1 und auf Pf. 33, 6 zurückgeführt wird, auf welche letztere Stelle V. 3 hier fo deutlich hinweift. In der Gefchichte der Schöpfung wird das Hervortreten Gottes nach außen, fein fchöpferifches Wirken, durch das Sprechen Gottes bezeichnet. Auf Grund deffen wird von Johannes Der, welcher jedes Wirken Gottes nach außen vermittelt, als das perfönliche Wort Gottes bezeichnet. Ift Chriftus das perfönliche Wort Gottes, ift Alles, was fonft Wort Gottes genannt wird, nur ein einzelnes Fragment feines Wefens, wie könnte dann auch nur daran gedacht werden, daß irgend etwas Gefchaffenes vor ihm beftehen könnte? „Ich fürchte mich nicht, was könnte mir Fleifch thun", das ift die Lofung aller derer, die den Logos auf ihrer Seite haben. „Unverzagt und ohne Grauen foll der Chrift, wo er ift, ftets fich laffen fchauen", das ift die Anforderung, welche an alle Glieder der Kirche dadurch ergeht, daß ihr Haupt der Logos ift. Diefen heiligen Namen halten fie als einen undurchbringlichen Schild allen ihren Feinden entgegen. Haben einzelne Worte Gottes die Welt aus dem Nichtfeyn ins Dafeyn gerufen, wie herrlich muß dann das Wort Gottes feyn, wie ebhaft muß unfere Furcht feyn, ihm zu mißfallen, wie unbebingt unser Gehorsam gegen jeden seiner Winke, die Scheu, seinen Worten durch Drehen und Deuteln Gewalt anzuthun, der zitternde Gehorsam, wenn Er spricht: ich aber sage euch; wie muß in der Verbindung mit ihm die unbedingte Gewähr gegeben seyn des Sieges über alle widergöttlichen Mächte, die Bürgschaft für das: „seyd getrost, ich habe die Welt überwunden", wie muß sich alles Sehnen und Verlangen der Seele danach ausstrecken, in dies Wort Gottes festgegründet und eingewurzelt, und damit aller Schätze des Heiles und der Seligkeit theilhaftig zu werden! Christus das Wort Gottes, darin liegt auf der einen Seite, daß ohne ihn kein wahrhaftiger Zusammenhang mit Gott stattfindet, so gewiß als unter Menschen nur das Wort die Brücke der Verbindung bildet, auf der andern Seite, daß in der Verbindung mit ihm der Zugang zu allen Schätzen des Heiles vollständig eröffnet ist, die bei Gott, dem Quell des Lebens, für die bedürftige Creatur niedergelegt sind. Wahr und tief sagt Bengel: „Der Name Jesus zeigt besonders seine Gnade und der Name Wort Gottes seine Majestät an. Wie tief muß das, was durch diesen Namen bezeichnet wird, in der unerforschlichen Gottheit liegen! Ein Wort eines Menschen ist nicht nur dasjenige, das er mit dem Munde ausspricht und durch das Gehör vernehmen läßt, sondern auch das, was er bei sich und in seinem Sinne hat und in seinen Gedanken heget. Wenn dieses inwendige Wort nicht wäre, so könnte es in keine Rede und Aussprache gefaßt werden. Ist solches Wort dem Menschen so innig, wie innig muß Gott auf eine uns unbegreifliche Weise sein Wort seyn. Gegen diesen, dessen Name ist das Wort Gottes, sind alle seine Feinde wie Stoppeln gegen das Feuer. Mit dem Geiste oder Odem seiner Lippen wird er den Gottlosen tödten, Jes. 11, 4. So wird auch sonst kein Sünder und Lügner vor ihm bestehen."

Man redet jetzt viel von der „kleinen Partei," die nun, da alle menschliche Hülfe ihr zerronnen sey, gar bald rettungslos zu Grunde gehen werde. Die Frage ist aber einzig und allein die: wie steht diese Partei zu dem ewigen Worte Gottes? Wird ihre starke Glaubenshand nur in Ihn gelegt erfunden, so wird fie wohl bleiben „Die Wafferwogen im Meere find groß und braufen gräulich, der Herr aber ift noch größer in der Höhe." „Gott der Herr ift ein Fels ewiglich. Und er beuget die, fo in der Höhe wohnen; die hohe Stadt niedriget er, ja er ftößt fie zur Erde, daß fie im Staube liegt, daß fie mit Füßen zertreten wird, ja mit Füßen der Armen, mit Ferfen der Geringen."

- So wenig B. 18 als Erklärung des viel tieferen und umfaffenderen Logosnamens zu betrachten ift, fo liegt doch auch was in diefem B. von Chrifto gefagt wird, daß er als der eingeborne Sohn, der in dem Schooße des Baters fitzt, das Wefen Gottes, das an fich unfichtbaren verkündet habe, in dem Namen Logos eingefchloffen. Ift Chriftus das ewige Wort Gottes, fo muß in ihm auch die alleinige Brücke für alle Gotteserkenntniß gegeben feyn, fo daß jeder von Gott grade fo viel fieht, als er von ihm gefehen hat, grade fo viel vernimmt, als Chriftus ihn vernehmen ließ.

Aus der gegebenen Ausführung erhellt, daß Alles, was Johannes vom Logos lehrt, nach Sache und Namen auf altteftamentlichen Fundamenten ruht, und daß wir gar keinen Grund haben uns nach anderweitigen Anknüpfungspuncten umzufehen. Mit dem Logos des Philo hängt der Logos des heil. Johannes nur in fo weit zufammen, als die aus unklarer Vermifchung hervorgegangene Logoslehre Philos, ebenfalls auf altteftamentlicher Grundlage beruht, die z. B. da nicht zu verkennen ift, wo Philo den Logos als den Erzengel und den Heerführer bezeichnet, in Beziehung auf den Engel des Herrn, der in Sach. 1 als umgeben von den Schaaren der niederen Engel erfcheint und der in Jof. 5 als der Fürft des Heeres des Herrn bezeichnet wird. Mit den Momenten, welche die Logoslehre des Philo von Plato oder von den Stoikern entlehnte, hat die Logoslehre des Johannes, deren Quell nur aus dem Heiligthum fließet, gar nichts gemeinfam.

Wenden wir uns nun zur Betrachtung des Einzelnen. „Im Anfang war das Wort, und das Wort war bei Gott, und Gott war das Wort." Von dem wahrhaftigen Heiland muß folches gelten, über das hinaus nichts Höheres gefagt werden

kann, sonst kann er nicht das Höchste von den Seinen verlangen, kann es nicht zu einer ungetheilten und unbedingten Hingabe des Herzens an ihn kommen, die allein die Früchte der
Gerechtigkeit tragen und in Noth und Tod aufrecht erhalten kann.
Der Apostel, indem er dies Höchste hier dem Erlöser beilegt,
redet die zuversichtliche Sprache der Offenbarung und Einge-
bung, die Sprache dessen, der bezeugt, was er gehört und gesehen, der nicht ein Philosophem oder ein Theologumenon debi-
tirt, sondern aus Gott selbst schöpft, was in Gott hineinführen
soll. Das richtige Verhalten zu diesem Ausspruche hat Quesnel
treffend bezeichnet: „Er begnügt sich, unserm Glauben seine
Ewigkeit darzulegen, seine Lebensgemeinschaft mit seinem Vater
und seine Gottheit, ohne uns diese Geheimnisse zu entwickeln.
Unser Glaube muß sich nun damit begnügen. In Bezug auf
dies ewige, unaussprechliche und unbegreifliche Geheimniß müssen
wir mehr glauben als räsonniren, mehr anbeten als erklären,
mehr denken als ergründen, mehr lieben als erkennen, mehr
uns demüthigen als reden.“ Die drei Glieder des V. stehen im
Verhältniß der Steigerung zu einander. Erst das dritte spricht
das Höchste aus, was überhaupt gesagt werden kann, die Gottheit des Wortes, auf welche indirect schon die beiden ersten
Glieder hinführen, die ihnen als Voraussetzung zu Grunde
liegt. Zuerst wird dem Worte das Seyn vor allen Creaturen
beigelegt. Daß der Sinn kein anderer seyn kann, als der: im
Anfange, da Gott Himmel und Erde schuf, da war schon das
Wort, zeigt die Vergleichung des Anfanges des ersten Buches
Mose's. Bei der offenbaren Absichtlichkeit dieser Beziehung,
würde es verwirrend seyn, wenn der Apostel unter dem Anfange etwas Anderes verstände, als die Grundstelle, den Anfang
der geschaffenen Dinge, des endlichen Daseyns. Es wird also
von dem Logos nur das ausgesagt, daß er schon war als die
Schöpfung ward. Aber daß das etwas gar Großes ist, erhellt
schon daraus, daß dasselbe, das Seyn vor den Creaturen in
dem Gebete Mose's des Mannes Gottes (Ps. 90, 2) auch von
Gott ausgesagt und damit das Seyn von Ewigkeit und die
schöpferische Thätigkeit als unzertrennlich verbunden gesetzt wird:

„Ehe denn die Berge geboren wurden und Du schufest die Erde
und das Land und von Ewigkeit zu Ewigkeit, bist Du, Gott."
War der Logos schon beim Beginne der Schöpfung, so kann er
nicht unter das Geschaffene gehören, und ist dies, so muß er
von Ewigkeit und Gott seyn. Denn es gibt kein Mittleres
zwischen Seyn vor dem Anfange oder von Anfang an und
Ewigkeit, zwischen Geschöpf und Gott. In der Apokalypse ent-
spricht das: Ich bin der Erste, woran sich sofort das: und
(eben deshalb auch) der Letzte anschließt. Dem, welcher vor
Allem Geschaffenen war, muß nothwendig zuletzt alles Geschaffene zu Fuße liegen. Nur in der Mitte kann es sich zu-
weilen sehr breit machen und sehr lang strecken, in den Fristen,
die Er ihm gewährt. Wer im Anfange war, dem gehört auch
das Ende, und wer in ihm bleibt, darf sich nicht ängstigen. Er
kann mit heiliger Ironie der Auflehnung des Geschaffenen gegen
den zusehen, der im Anfang war. Wer unsere Worte recht
ins Herz geschlossen, dessen ganzes Sinnen und Trachten wird
nur auf das Eine gerichtet seyn, daß er Ihn zum Freunde
erhalte und behalte, und um aller Anderen Gunst oder Ungunst
wird er sich wenig kümmern, überzeugt, daß sie ihm nicht
gründlich helfen und nicht wahrhaft schaden können, daß ihre
Huld ist gleich der Blume des Feldes und ihr Zorn ein nichtes-
werther Wasserschaum.

„Und das Wort war bei Gott." An die Bestimmung des
Verhältnisses zur Creatur schließt sich hier die Bestimmung des
Verhältnisses zum Schöpfer. Dies ist, wie aus der ersteren
unmittelbar folgt, da die Loslösung von der Creatur nur auf
der Verbindung mit Gott ruhen kann, das der innigsten
Gemeinschaft, woraus sich als practisches Resultat ergibt,
daß wer zu dem höchsten Gott in eine nähere Beziehung treten
will, vor Allem die Huld des Logos suchen muß, und daß alle
Angriffe, welche gegen die Kirche des Logos gerichtet sind, ab-
prallen müssen an der Allmacht dessen, der mit ihm in der innigsten Gemeinschaft steht. Unsere Worte sind noch deshalb
von besonderer Wichtigkeit, weil sie deutlich die persönliche Verschiedenheit des Logos von Gott dem Vater bezeugen, mit dem

er durch die Gemeinschaft des Wesens verbunden ist. Bei Jemanden seyn, das kann nur von einem Verhältnisse zwischen zweien stehen. Wer bei Jemanden ist, muß verschieden seyn von dem, bei dem er ist.

„Und Gott war das Wort." Damit erhält die Zuversicht des Sieges für das Volk, dessen Haupt Jesus Christus ist, hochgelobet in Ewigkeit, Der, in dem der Logos Fleisch war, ihren Abschluß, ihre letzte Vollendung. Ist Christus Gott, so ist alle Furcht thöricht. Ist Gott für uns, wer mag wider uns seyn? Ebenso thöricht stellt sich denn aber auch alle Theilung des Herzens, alle Halbherzigkeit, alles Accordiren, alles Vermitteln, alles schielende Wesen dar. Rein ab und Christo an, so ist es wohlgethan. Das ist das unmittelbare practische Ergebniß aus dem: Gott war das Wort. Es kann keinem Zweifel unterworfen seyn, daß Gott Prädicat ist. Denn der Logos ist auch in den beiden vorigen Sätzen Subject und ebenso in V. 2. Die Frage ist überall, wer der Logos, nicht wer Gott ist. Wir erwarten hier nach dem Vorhergehenden die nähere Bestimmung, in welcher Beziehung der Logos als ein selbstständiges persönliches Wesen zu Gott steht. Ferner, wäre Gott Subject, so würde gegen das zweite Glied die Persönlichkeit des Logos als eine besondere aufgehoben werden; ist Gott der Logos, so hört das Fürsichseyn des Logos auf. Warum ist aber das Prädicat vorangestellt? Es soll dadurch bezeichnet werden, daß darauf der Nachdruck ruht. Daß der Logos Gott ist, das bildet den Gegensatz gegen die vorhergehenden vageren Bestimmungen der ihm einwohnenden Herrlichkeit, das ist ein hohes scharf zu betonendes Wort, wodurch der Gläubige allen Zweifel, Angst und Pein überwinden, das ist die Zauberformel, womit er alle Versuchungen bannen kann und soll, die ihn von dem lauteren Wesen in Christo abführen wollen, darin wurzelt die Kraft, den Raub der Güter mit Freuden zu erdulden und bis zum Blute zu widerstehen, die sofort verloren geht, sobald man an der wahren und vollen Gottheit Christi zweifelt oder mäkelt. θεός mußte nothwendig ohne Artikel stehen. Mit dem Artikel würde es besagen, daß der Logos die ganze Sphäre der Gottheit ausfüllte, was widersinnig wäre, da der Name des Logos selbst einen Urgrund voraussetzt, der das Wort ausgesprochen. Dagegen ohne Artikel bezeichnet θεός den Gattungsbegriff, Gott im Gegensatze gegen Mensch und Engel, und die Worte besagen, daß der Logos, welcher nach dem zweiten Gliede persönlich von Gott dem Vater verschieden ist, seinem Wesen nach mit Gott eins, daß nicht nur der Vater, sondern auch der Sohn Gott sey. Im Angesichte der entschiednen Betonung der Einheit Gottes in der Schrift von ihrem Anfange an bis zu ihrem Ende wird bei der Verschiedenheit der Personen die Einheit des Wesens für den Vater und den Sohn nothwendig erfordert.

„Dieser war im Anfange bei Gott." Die Worte enthalten kein neues Moment. Sie sollen nur festhalten bei der Betrachtung der tiefen und folgenschweren Wahrheit, daß der in der Schwachheit des Fleisches, in Knechtsgestalt erschienene Heiland im Anfange bei Gott war, daß somit hinter dem Vordergrunde der Ohnmacht ein reicher Hintergrund der Allmacht verborgen ist. In allen Nöthen der Kirche, bei allem ihrem scheinbaren Unterliegen hält sie der anstürmenden Welt und ihrem Fürsten mit ruhiger Zuversicht dies: Dieser war im Anfange bei Gott, entgegen. Das ist ein wahrhaftiger, nimmer zergehender „rocher de bronce." Das ist es, was der Welt eine geheime Achtung abnöthigt, vor dem sie ein Grauen befällt, wobei sie von der Ahnbung ihrer Ohnmacht ergriffen wird. Denn so gewiß als Dieser im Anfange bei Gott war, so gewiß auch bezeugt er sich dem Gewissen der Welt. Wer nur Diesen, der im Anfange bei Gott war, auf seiner Seite hat, kann unter allen Umständen ruhig schlafen; er spricht: ich fürchte mich nicht vor Myriaden Volkes, welche sie ringsum gelegt um mich. Wie armselig erscheinen die Juden, die es mit dem aufnehmen wollen, der im Anfange bei Gott war! Sie werden Object der heiligen Ironie und fallen unter das Wort des Psalmisten: der im Himmel wohnet lachet, der Herr spottet ihrer. Wie armselig und lächerlich stellt sich auch der Anlauf der Heiden dar, der ohne Zweifel schon begonnen hatte, da Johannes sein Evangelium schrieb. Gegen den, der im Anfange bei Gott war, sind die Heiden nichts Anderes, wie ein Tropfen am Eimer, wie Staub der Wagschaalen werden sie geachtet, Jes. 40, 15. Wer das: Dieser war im Anfange bei Gott, wirklich ins Herz aufgenommen hat, der wird das als sein höchstes Lebensziel erkennen, daß er mit dem Logos in die innigste Gemeinschaft trete, daß jeder Athemzug ihm geweiht sey. „O ewiges Wort — ruft Quesnel aus, — unzertrennlich von Deinem ewigen Grunde, anbetungsgnädiger Sohn, der Du nie den Schooß Deines Vaters verläßest, möge ich niemals von Dir getrennt seyn, und einige mich in Dir mit Deinem Vater.“

„Alles ist durch ihn geworden, und ohne ihn ward nichts, was geworden ist.“ Bisher wurde das Wort beschrieben, wie es in dem Schooße des Vaters war, nun wird gesagt, wie es sich in der Schöpfung geoffenbart hat. Wir haben hier keine müßige Speculation vor uns, vielmehr einen Ankergrund der Hoffnung für das durch die Furcht vor der Creatur geängstete Gemüth, die Grundlage für das Wort des Herrn: seyd getrost, ich habe die Welt überwunden. Zu dem „Allen,“ was durch den Logos geworden, was also ihm unbedingt dienen muß, entweder freiwillig ihm huldigt oder gezwungen ihm huldigen muß, gehören auch die Engel, die weil von dem Worte geschaffen auch Christo und seinem Reiche dienen müssen, gehören die „Thronen und Herrschaften und Fürstenthümer und Obrigkeiten,“ gehört auch der Satan, der Fürst dieser Welt, der dieselbe beständig gegen das Reich Christi aufregt. Das zweite Glied fügt kein sachlich neues Moment hinzu: die Wiederholung richtet nur die Aufmerksamkeit auf die hohe Bedeutung der Wahrheit. Ist ohne Christum nichts geworden, was geworden ist, so kann auch nichts Gewordenes ihm oder seinem Reiche etwas anhaben. Die Furcht liebt es, Ausnahmen zu machen. Alles Andere läßt sie als ungefährlich stehen; nur das Eine, das grade die Augen an sich gefesselt hält, scheint ihr Gefahr zu drohen. Dem tritt nun der Heilige Geist entgegen durch die Versicherung, daß ohne Ausnahme Alles durch den Logos geworden ist, somit auch jede Furcht unvernünftig, wenn man nur das Wort auf seiner Seite hat. Ist geworden seyn und

durch ihn geworden seyn eins, so kann es im Himmel und auf
Erden keinen furchtbaren Feind geben.

„In ihm war das Leben und das Leben war das Licht
der Menschen." Luther sagt: „daß er spricht: in ihm war das
Leben und das Leben war das Licht der Menschen, das sind
eitel Donnerschläge wider das Licht der Vernunft, freien Willen,
menschliche Kräfte u. s. w. Als wollte er sagen: alle Menschen,
so außer Christo sind, mangeln des Lebens vor Gott, sind todt
und verdammt." Nach vielen Auslegern soll in den Worten:
in ihm war das Leben, Christo die Erhaltung beigelegt werden,
wie im Vorigen die Schöpfung. Das Leben sey das natür-
liche. Allein bei Johannes kommt das Leben über dreißigmale,
immer nur von dem geistlichen ewigen Leben, der Seligkeit vor,
die einzig und allein durch den Anschluß an das im Fleische
erschienene Wort zu finden, außer ihm nirgends zu gewinnen
ist. Das ist das einzige seines Namens würdige Leben. In
einer ganzen Reihe von Stellen wird Leben abwechselnd mit
ewigem Leben gebraucht. Ueberall wird in diesen Stellen das
Leben an die Erscheinung Christi im Fleische geknüpft. So
wird man also das: in ihm war das Leben, darauf beziehen
müssen, daß von Anfang der vernünftigen Creatur an in dem
Logos das Leben für dieselbe war, der Quell eines Daseyns,
welches über alle Hemmung und Schwäche erhaben ist, welches
wirklich den Namen des Lebens verdient, von dem nicht das
Wort gilt: du hast den Namen daß du lebest, du bist aber
todt, so daß also die vernünftige Creatur von dem Leben ausgeschlossen und dem Tode anheimgefallen war, so lange
Christus nicht im Fleische erschienen. Welcher mächtige practische
Antrieb liegt in dem: in ihm war das Leben! Ist der Logos,
ist Christus, in dem uns der Logos zugänglich geworden, in
dem ganzen weiten Universum der einzige Lebenspunct und
Lebensquell: so muß die ganze Energie des Gemüthes darauf
gerichtet seyn, mit ihm in Gemeinschaft zu treten, mit ihm in
Gemeinschaft zu verharren. In Ihm ist das Leben, das sollen
wir in heiliger Schroffheit allen Versuchungen entgegenhalten,
wodurch die Creatur uns in Furcht oder Liebe auf ihre Seite

zu ziehen sucht. Sie kann uns nichts geben, wohl aber Alles rauben. Denn mit dem Leben ist alles verloren. — „Und das Leben war das Licht der Menschen." „Das Leben" ist nicht das Leben in Abstracto, sondern das in dem Worte persönliche Leben, f. v. a.: er, der Leben spendende, war als solches zugleich. Das Licht ist im A. T. gewöhnliche Bezeichnung des Heiles. Daß in diesem Sinne auch hier das Licht zu nehmen ist, das zu beweisen reicht schon V. 5 hin, besonders der Gegensatz der Finsterniß, unter der nur die Heilslosigkeit verstanden werden kann. In diesem Sinne nennt sich Christus mehrfach selbst das Licht und wird von Johannes also genannt, und zwar also, daß überall entweder ausdrücklich gesagt oder vorausgesetzt wird, daß das Licht erst mit seiner Erscheinung im Fleische gekommen ist. Darauf, daß das Licht hier Bezeichnung des Heiles ist, welches dem menschlichen Geschlechte durch die Erscheinung Christi vermittelt werden sollte, führen uns auch die prophetischen Grundstellen. Vor Allem kommt hier das Wort des Jesaias in Betracht: „Das Volk, das in Finsterniß wandelt, siehet großes Licht, die da sitzen im Lande des Todesdunkels über denen gehet Licht auf." Johannes würde mit dieser Stelle in Widerspruch treten, wenn der Logos, schon ehe er Fleisch wurde, sich als Licht kundgegeben hätte. — Der Gedanke des ganzen Verses kann somit nur der seyn, daß der Logos von Anfang an virtuell Leben und Licht der Menschen war, so daß, ehe er im Fleische erschien, die Menschen von Leben und Licht ausgeschlossen waren. Ist von Anfang der Welt an nur in dem Logos das Leben und Licht der Menschen, so erscheint das als des Menschen höchste Bestimmung zu Christo zu sprechen: „Außer Dir ist nichts als Thorheit und Lüge, als Finsterniß und als Sünde, als Tod und als Elend. Oeffne und erhelle meinen Geist, durchdringe und erwärme mein Herz, weil mein Glück darin besteht dich zu erkennen und dich zu lieben." (Quesnel.)

„Und das Licht scheinet in der Finsterniß und die Finsterniß hat es nicht ergriffen." Wie das Präsens φαίνει, scheinet, hier zu fassen ist, daß es eine Thätigkeit bezeichnet, die in der

Gegenwart noch fortgeht, eine solche also, die von dem mensch-
gewordenen Worte ausströmt, erhellt aus dem Verhältniß zu
dem Vorhergehenden ἦν, war, und noch bestimmter aus 1 Joh.
2, 8: „die Finsterniß gehet vorüber und das wahrhaftige Licht
scheinet schon." Die Finsterniß ist der Zustand der außer
der Verbindung mit Gott lebenden Menschen, die Heilslosigkeit,
die Sünde und das von ihr unzertrennliche Uebel. So wie das
Licht das persönliche Licht ist, so ist die Finsterniß hier Bezeichnung der unter der Finsterniß stehenden Menschen. Gemeint
sind die Juden, das umnachtete, der Heilslosigkeit anheimge-
fallene Volk des Bundes und Eigenthums. Das zeigt die Grundstelle Jes. 9, 1: „Das Volk, das in Finsterniß sitzet, siehet ein
großes Licht", zeigt die Ausführung im Folgenden (er kam in
sein Eigenthum und die Seinen nahmen ihn nicht auf), zeigt
endlich das: „hat es nicht ergriffen", welches auf eine vollendete
Thatsache hinführt, die bei den Heiden noch nicht vorlag. Weil
die Juden die Hand des Glaubens nicht ausgestreckt haben, um
das Licht zu ergreifen, darum hat die Finsterniß sie ergriffen,
Joh. 12, 35. Den Grund, warum sie nicht ergriffen, deckt der
Herr auf in den Worten: „ihr habt nicht gewollt" und noch
klarer Johannes, wenn er spricht: „Das Licht ist in die Welt
gekommen und die Menschen (durch die Juden repräsentirt) lieb-
ten mehr die Finsterniß als das Licht, denn ihre Werke waren
böse." Dem dunkeln Schicksal, welches auf ihnen lastete, wären
sie gern entflohen, aber dem dunklen Sinne, dessen Widerschein
dies Schicksal war, wollten sie um keinen Preis entsagen, und
so mußte sich durch ihre eigne Schuld ihr Dunkel verdoppeln.
An dem Rande des schaurigen Abgrundes, in welchen sie vor
achtzehn Jahrhunderten hinabfuhren, und in dem sie noch immer
begraben liegen trotz alles ihres Mammons, trotz der Gunstbe-
zeugungen, die ihnen der Zeitgeist spendet, mit der andern Hand
nehmend, was er mit der einen gibt, steht jetzt ein großer Theil
der entarteten Christenheit, steht auch unser armes Preußisches
Vaterland. „Aber obgleich — sagt Luther — die arge blinde
Welt des lieben Lichtes nicht begehrt, ja nicht leiden kann, sondern verfolgt und lästert, so scheint es doch aus sonderlicher

2 *

Gnade des wahrhaftigen ewigen Lichtes um der kleinen Heerde willen, die dadurch erleuchtet werden soll, geht nicht unter um des Undankes und der Verachtung willen des großen gottlosen Haufens." Ja wahrlich es wird scheinen bis an das Ende der Welt und um den Abend wird es ganz helle werden.

Der Apostel führt nun in B. 6—13 das in den Worten: „Und das Licht scheinet in der Finsterniß und die Finsterniß hat es nicht ergriffen" Angedeutete weiter aus, zeigt, wie Christus als das wahrhaftige Licht unter den Juden erschien und von ihnen verworfen wurde, sich aber. dadurch als das wahrhaftige Licht bewährte, daß er denen, die ihn aufnahmen, das höchste aller Güter gewährte, die Gotteskindschaft. Dies letztere gehörte nothwendig zur Sache. Es liefert die Gewähr, daß die Auffassung des Sachverhältnisses, wie sie den Worten: Das Licht scheinet in der Finsterniß und die Finsterniß hat es nicht ergriffen, zu Grunde liegt, die Anschauung, nach der das Licht Christo zugetheilt wird, die Finsterniß der Juden, nicht auf subjectiver Ansicht beruht, sondern in der Sache selbst begründet ist. Wer zu der Würde der Kinder Gottes erheben kann, der muß das Licht und das Leben, der kann kein anderer als der Schöpfer selbst seyn, zu dem der Psalmist spricht: „bei Dir ist die Quelle des Lebens und in Deinem Lichte sehen wir Licht." Denn als der wahrhaftige Erlöser kann sich nur der Schöpfer bewähren. Wer die Wiedergeburt verleihen kann, erweist sich eben dadurch als der erste Urheber des Daseyns.

Zuerst in B. 6—8, wie Johannes der Täufer auf die Erscheinung des Lichtes vorbereitet. „Es ward ein Mensch von Gott gesandt, der hieß Johannes. Dieser kam zum Zeugniß, auf daß er zeugte von dem Lichte, auf daß Alle durch ihn glaubten." „Nicht ein Mensch kann uns erleuchten und wäre es auch ein St. Johannes, das Wort Gottes, die ewige Wahrheit ist allein unser Licht!" Auf das Zeugniß hat Johannes, uns zum Vorbilde, „sich beschränkt und hat darauf sein Leben verwandt und seinen Tod." Der mittelalterliche Durandus gedenkt einer Sage, der Leichnam des Täufers sey von seinen Feinden ausgegraben und verbrannt worden, der Finger allein, mit dem er auf Christum als das Lamm Gottes hingewiesen, habe dem Feuer widerstanden. Daraus erkennen wir, was in allem unserm Wirken und Schaffen schwindet und was bleibt, daraus, daß wir diesen unsern höchsten Beruf auf Erden hüten müssen, wie den Augapfel im Auge, daß wir unausbleiblich dem Banne verfallen, wenn wir diesem Berufe untreu werden. „Es war nicht Jener das Licht, sondern er zeugete von dem Lichte." Der Apostel will die Größe Christi dadurch ins Licht stellen, daß der Größte der Menschen, der Größte unter den Propheten des A. B. im Verhältniß zu Ihm nur eine durchaus untergeordnete Stellung einnimmt. In Johannes wird das ganze Menschengeschlecht Christo zu Füßen gelegt. Von ihm zu zeugen, das ist die höchste Würde, zu der es ein Mensch bringen kann, das höchste Ziel, dem ein Mensch nachtrachten darf und soll. Also der Schatten des Johannes soll das Licht Christi heben, dessen Herrlichkeit ins Licht zu stellen der letzte Zweck des ganzen Prologes ist.

Es folgt nun in V. 9—11 die Erscheinung des Lichtes und die Verschmähung desselben von denen, deren Finsterniß zu erleuchten es zunächst gekommen.

„Es war das wahrhaftige Licht, welches jeden Menschen erleuchtet, kommend in die Welt." Es war kommend, für: es kam, so redet der Evangelist in der dem Prologe eigenthümlichen, den Leser gleichsam bei den erhabenen Wahrheiten festhaltenden, ihn zum Nachdenken, zur Meditation einladenden feierlichen Breite. Das wahrhaftige Licht, so nennt Johannes Christum zunächst nicht im Gegensatze gegen trügerische, sondern gegen unvollkommene Lichter, wie Johannes der Täufer ein solches war. Die Antwort auf die Frage, wie kann von Christo als dem Lichte gesagt werden, daß er jeden Menschen erleuchte, Angesichts der Thatsache, daß die Finsterniß das Licht nicht ergriffen hat, daß er in sein Eigenthum kam und die Seinen ihn nicht aufnahmen, ist die, daß φωτίζει sich auf die Idee und Bestimmung bezieht. Die Worte sagen aus, daß Niemand Licht hat, der es nicht von ihm empfangen, jeder Licht von ihm empfängt, der sich nicht durch seine eigne Schuld davon ausschließt. Sie bezeichnen also die Hoheit der Gabe Christi, die dadurch nichts von ihrer Bedeutung verliert, daß die Undankbarkeit sie verschmäht. „In Summa — sagt Luther — der heilige Evangelist will sonst kein ander Mittel gestatten, dadurch die Leute können erleuchtet und selig werden: alle Welt soll dies einige Licht alleine haben, oder ewiglich in der Finsterniß bleiben." — „Er war in der Welt und die Welt ist durch ihn geworden, und die Welt erkannte ihn nicht." Das: er war in der Welt, resümirt den Inhalt des vorigen Verses, welcher über das Kommen des Lichtes, des Heilandes in die Welt berichtet: so war er also in der Welt. Dem Besonderen, dem Bundesvolke als Schauplatz der Erscheinung des Heilandes, schickt der Evangelist hier das Allgemeine, die Welt voraus, weil schon von der Weltschöpfung her Christus ein Anrecht daran hatte, freudig begrüßt zu werden, in welchem Theile der Welt er auch erscheinen mochte: wie sollte die Creatur nicht ihrem Schöpfer entgegenjubeln, wenn er kommt, um sie zu erlösen? Die Juden, da sie Christum verwarfen, verläugneten nicht blos die Erlösungsgnade, sie bezeugten sich auch undankbar gegen die Schöpfungsgnade, wie noch jetzt jeder, der Christum verschmäht. — „Er kam in sein Eigenthum und die Seinen nahmen ihn nicht auf." Das ist der zweite Contrast. Es ist schmählich, wenn die Welt ihren Schöpfer, noch schmählicher, wenn das Volk des Bundes seinen Bundesherrn verschmäht, der so lange Zeiten hindurch sich seiner so treulich angenommen, dem es Liebe und Treue gelobt und geschworen hat. Die Israeliten erscheinen im A. T. gewöhnlich als Eigenthum und Erbe Jehovas. Die alttestamentliche Brücke zwischen jenen Stellen und der unsrigen, wo Israel plötzlich als Eigenthum Christi erscheint, bildet die Lehre von dem Engel des Herrn, dem gottgleichen Offenbarer Gottes. Das Eigenthum Christi, das ist die christliche Kirche, das sind die christlichen Völker noch in einem weit höheren und volleren Sinne als es einst Israel war. So erhalten also die tiefklagenden Worte des Johannes in Bezug auf unsere Zustände eine noch schmerzlichere Wahrheit.

Dem Anstoße, welchen die Thatsache des Unglaubens des Bundesvolkes gewähren konnte, stellt der Evangelist die herrliche Legitimation entgegen, welche Christus in den hohen und edlen Gaben besitzt, die er den an ihn Glaubenden ertheilt hat. „So viele ihn aber aufnahmen, denen gab er die Macht Gottes Kinder zu werden, die an seinen Namen glauben." Der Name ist in der Schrift die Zusammenfassung der Thaten. Daß Christus einen Namen hat, weist darauf hin, daß er wie der Jehova des A. B. im Unterschiede von den namenlosen Göttern der Heiden, den namenlosen Göttern, welche bis auf den heutigen Tag die Welt sich erdichtet, nicht mit leeren Prätensionen aufgetreten ist, sondern in Thaten der Macht und Liebe sein Wesen kundgegeben und damit ein Panier aufgerichtet hat, um das die Völker sich sammeln können. Wo im A. T. von der Kindschaft Gottes die Rede ist, da wird überall nur die Innigkeit des Liebesverhältnisses ins Auge gefaßt; die abgekürzte Vergleichung, die in allen solchen Stellen stattfindet, wird auseinandergelegt in den Worten des Ps. 103: wie sich ein Vater über Kinder erbarmet, so erbarmet sich der Herr über die so ihn fürchten. Wenn Israel z. B. der Sohn Gottes genannt wird, so will das sagen, daß Gott ihn so innig liebt, wie ein Vater sein Kind. Hier dagegen beruht der Begriff der Kindschaft auf der geistlichen Zeugung, darauf, daß Gott den in Sünden empfangenen und geborenen Menschen durch eine unmittelbare Wirkung des göttlichen Lebens theilhaftig macht. Von solcher Kindschaft weiß das A. T. noch nichts. Auf die hohe Bedeutung dieser durch Christum vermittelten Gabe Gottes weist das: er gab ihnen die Macht Gottes Kinder zu werden, hin. Die Macht über eine Sache ist die Fähigkeit, in ihren Besitz zu gelangen. Hier bildet die Macht den Gegensatz gegen die absolute Ohnmacht und Unfähigkeit der außer Christo lebenden Menschen zur Gotteskindschaft zu gelangen. Wenn wir recht bedächten, was es mit dieser durch Christum uns geschenkten „hohen Ehre, unaussprechlichen Würde und Hoheit auf sich hat," so würden wir, wie Luther sagt, „uns nicht viel bekümmern über dem, was die Welt allein hoch und groß achtet, viel weniger danach trachten."

„Die nicht aus dem Geblüte, noch aus dem Willen des Fleisches, noch aus dem Willen eines Mannes, sondern aus Gott geboren sind." Der eigentliche Gegensatz ist der zwischen dem Manne und Gott; das vorausgeschickte: „aus dem Geblüte und aus dem Willen des Fleisches" weis't darauf hin, wie wenig es mit dem Manne auf sich hat, wie elend derjenige ist, der keine andere Geburt hat, als die durch Zuthun des Mannes gewirkte, wie nothwendig die Geburt aus Gott, wie herrlich die Wohlthat Christi ist, der allein zu dieser Geburt verhelfen kann. Wo der Mensch nach Fleisch und Blut betrachtet wird, die bei dem Werke der Zeugung seit dem Sündenfalle eine so vorwiegende Rolle spielen, da geschieht dies gewöhnlich im herabsetzenden Sinne. So z. B. in dem Worte des Herrn: „Selig bist du, Simon Bar Jona, weil nicht Fleisch und Blut es dir offenbaret hat, sondern der Vater im Himmel." Von diesen Stellen darf die unsrige nicht losgetrennt werden. Es ist derselbe Gegensatz, welchen der Herr aufstellt zwischen denen, die aus dem Fleische geboren und also Fleisch, und denen, die aus dem Geiste geboren sind. Der Gegensatz ist einfach der der natürlichen Geburt und der geistlichen. Erst die letztere gibt dem Leben den rechten Werth. Der Mensch, nach Gottes Bilde und zu Gott geschaffen, ist erst dann in seinem rechten Elemente, wenn er der göttlichen Natur theilhaftig geworden, und eine solche Theilhaftigkeit kann von der natürlichen Zeugung nicht ausgehen, seit durch den Sündenfall Fleisch und Blut bei dem Menschen in den Vordergrund getreten sind: was von Fleisch und Blut kommt, ist selbst Fleisch und Blut, unfähig zu dem höheren Leben, zu der wahrhaftigen Gemeinschaft mit Gott.

Daß wir in B. 14, den Worten: Und das Wort ward Fleisch u. s. w., einen neuen Ansatz, den eigentlichen Höhepunkt des Prologes vor uns haben, erhellt schon daraus, daß hier der Logos des Anfanges wiederkehrt. An den vollsten Ausdruck des Mysteriums der Erscheinung Christi schließt sich (in V. 16 bis 18) die erhabenste Darlegung der Ehren Christi und der herrlichen Güter und Gaben, die durch ihn dem menschlichen Geschlechte zu Theil geworden sind.

„Und das Wort ward Fleisch, und wohnete unter uns, und wir sahen seine Herrlichkeit, eine Herrlichkeit als des Eingebornen vom Vater, voller Gnade und Wahrheit.“

„Und das Wort ward Fleisch.“ Das vorangeschickte und weist darauf hin, daß wir hier keinen absolut neuen Anfang vor uns haben, daß nur das Begonnene vollendet wird, auf die vorbereitenden Enthüllungen die definitive folgt. Warum sagt Johannes statt: das Wort ward Mensch, das Wort ward Fleisch? Die Antwort gewähren uns die Stellen des A. T., in denen ebenso wie hier ein Gegensatz vorliegt von Fleisch und Gott. Ueberall hat in ihnen das Fleisch den Nebenbegriff der Hinfälligkeit und Schwäche. So z. B. in dem Ausspruche des Jesaias: „Alles Fleisch (alles Menschenthum) ist Gras und alle seine Huld ist wie die Blume des Feldes. — Vertrocknet ist Gras, verwelket Blume, und das Wort unseres Gottes bestehet in Ewigkeit.“ Diese Stelle berührt sich insofern mit der unsrigen besonders nahe, als auch dort der Gegensatz vorliegt zwischen dem Fleische und dem Worte Gottes, das dort freilich das unpersönliche ist, hier das persönliche. Dieser bis dahin schroffe und absolute Gegensatz ist durch die Menschwerdung ausgeglichen worden. Hiernach nun kann kein Zweifel seyn, daß der Mensch hier als Fleisch bezeichnet wird, um auf die Tiefe der Herablassung des Logos aufmerksam zu machen, die unaussprechliche Wohlthat, daß er aus seiner natürlichen Sphäre, welche nach dem: Gott ist Geist, die der Geistigkeit ist, zu uns in unser Elend herabkam und unser Elend auf sich genommen hat, um uns seiner Herrlichkeit theilhaftig zu machen: in unser armes Fleisch und Blut verkleidet sich das ewge Gut. Das ist unter allen Motiven zur dankbaren opferbereiten Hingabe das stärkste. Zugleich aber ist eine Fülle von Trost in dieser Thatsache enthalten, ein Balsam für das arme erschrockne Gewissen. Der solches für die Menschen gethan und übernommen, kann den Sünder nicht verstoßen. „Darum — sagt Luther — sollen wir Christen doch aufs wenigste das thun und uns gewöhnen, viel von diesen Worten zu halten, die auch noch unter dem Papstthum in Ehren blieben sind und erhalten worden. Es ist dies Wort täglich in allen Messen gesungen worden, und fein mit langsamen und sonderlichen Noten, denn die anderen Worte; daß wenn man gesungen hat: Ex Maria virgine et homo factus est, hat Jedermann die Kniee gebeugt und sein Hütlein abgezogen. Und wäre noch billig und recht, daß man vor dem Worte: Et homo factus est, niederkniete und mit langen Noten singe, wie vorzeiten und mit fröhlichen Herzen hörte, daß die göttliche Majestät sich so tief heruntergelassen, daß sie uns armen Madensäcken gleich ist geworden, und Gott für seine unaussprechliche Gnade und Barmherzigkeit dankten, daß die Gottheit selbst ist Fleisch geworden. Denn wer kann das genugsam ausreden. — Es wäre auch nicht Wunder, daß wir noch für Freuden weineten. Ja, wenn ich auch nimmer selig werden sollte (da der liebe Gott für sey!), soll michs doch fröhlich machen, daß Christus meines Fleisches, Gebeines und Seelen, im Himmel zur Rechten Gottes sitzt: zu den Ehren ist mein Gebein, Fleisch und Blut kommen. — Ich habe dergleichen Exempel gelesen, daß einer, wenn er vor dem Teufel nicht Ruhe haben konnte, sich mit dem Kreuze gezeichnet habe und gesprochen: das Wort ward Fleisch. Oder, das gleich so viel ist gesagt: ich bin ein Christ. So ist der Teufel verjagt und geschlagen worden. — Man liest eine Historie oder Legende, daß der Teufel auf eine Zeit, da dies Evangelium Johannis von vorne her: In principio erat verbum gelesen ward, unbewegt dabei gestanden und zugehört habe, bis auf das Wort: Und das Wort ist Fleisch geworden, da sey er verschwunden. Es sey nun erdichtet oder geschehen, so ists doch die Wahrheit, daß wer von Herzen in einem rechten Glauben diese Worte spricht und betrachtet, ihn der Teufel gewißlich fliehen muß."

„Und wohnete unter uns." Es heißt in den Büchern Mose's (2 Mos. 25, 8): „Und sie machen mir ein Heiligthum und ich wohne in ihrer Mitte", und ferner: „Und ich wohne inmitten der Kinder Israels und werde ihr Gott (2 Mof. 29, 45). Dies Wohnen Gottes unter seinem Volke, was durch den Begriff des Volkes Gottes, der Kirche, nothwendig gegeben ist, fand seine volle Wahrheit erst in Christo, das vorhergehende im Tempel war ein schattenhaftes. So wie das: ich wohne inmitten der Kinder Israel, vorwärts weist auf unser: Und wohnete unter uns, so enthält dies wieder den Keim und die Bürgschaft für das: er wird über ihnen wohnen, und: er wird mit ihnen wohnen, der Apokalypse (7, 15. 21, 3). Daß das Wort in dem trüben Dießseits gewohnt hat und noch unter uns wohnet durch seinen Geist, verbürgt uns, daß er dereinst in der himmlischen Seligkeit, daß er endlich in dem Reiche der Herrlichkeit auf der verklärten Erde unter den Seinen wohnen wird.

„Und wir sahen seine Herrlichkeit." Der Apostel redet im Plural, weil er nicht blos seine persönlichen Erfahrungen, sondern die der ganzen Kirche bezeichnen will, so weit sie aus „Augenzeugen des Wortes bestand." Es findet sich hier wieder ein bedeutsamer Anklang an das A. T., einer der feinen „Winke", an denen das Evangelium des Johannes im Einklange mit der Apokalypse so reich ist. Jesaias sagt (C. 40, 5) in der Ankündigung der Messianischen Zeit: „Und enthüllet wird die Herrlichkeit des Herrn und es siehet's alles Fleisch zumal." Ferner (C. 66, 18): „Es kommt die Zeit zu sammeln alle Heiden und Zungen, und sie kommen und sehen meine Herrlichkeit." Die Anspielung auf diese Stellen ruht auf der Anschauung, daß in Christo der Jehova des A. B. erschienen ist, eine Anschauung, die der Apostel gleich darauf offen ausspricht, indem er Christum als den Eingebornen Sohn Gottes bezeichnet.

„Eine Herrlichkeit als des Eingebornen vom Vater." μονογενής ist der Eingeborne im Sinne des einzigen Sohnes. Wenn Christus als der Eingeborne bezeichnet wird, nachdem kurz zuvor die Würde aller Gläubigen darin gesetzt worden, daß sie Kinder Gottes werden, so muß er in einem ganz besonberen einzigen Sinne Sohn Gottes seyn, nicht durch die Gnade, sondern durch die Natur, so daß seine Sohnschaft nicht mit der der Gläubigen auf einer Linie liegt, sondern ihre Bedingung und ihr Grund ist. „Er geht — sagt Luther — hoch über alle Röhrkinder. Er hat eine eigne sonderliche Herrlichkeit vom Bater."

„Boller Gnade und Wahrheit," fügt der Apostel hinzu. Wir haben hier einen abgekürzten Relativsatz: (welcher ist) voll. Es liegt hier wieder eine merkwürdige Beziehung auf das A. T. vor. Es heißt in den Büchern Mose's (2 Mos. 34, 6) in der Grunddefinition des Wesens Jehovas, welche Moses von Gott selbst empfängt: „Jehova, Jehova, ein Gott barmherzig und gnädig, langmüthig und voller Gnade und Wahrheit". Die Wahrheit ist in diesem Ausspruche umfassender wie die Treue. Das: reich an Wahrheit besagt, daß in Gott nichts von Scheinwesen ist, daß er was er ist ganz, gleichsam durch und durch Gott ist, also nie hinter den Erwartungen zurückbleibt, welche die Seinen von ihm hegen, keine Zusagen gibt, die er nicht hält, keine·Hoffnungen erweckt, die er nicht befriedigt, nie die Seinen im Stiche läßt, nie zu ihnen spricht: da siehe du zu! Diesen Gott voller Wahrheit sein nennen zu können ist ein großes Glück, für das alles Andere willig und freudig aufgeopfert werden muß. Dieser Gott des A. T. nun reich an Huld und reich an Wahrheit ist in Christo im Fleische erschienen. Es wird auch hier ohne Weiteres auf Christum übertragen, was im A. T. von Jehova ausgesagt wird. Wie hier Christus als reich an Wahrheit bezeichnet wird und wie er sich selbst später (in C. 14, 6) die Wahrheit nennt, so erscheint er in der Apokalypse als „der Wahrhaftige." Es ist dieß eine Bezeichnung, die ihn weit über die menschliche Stufe hinaushebt und die Allmacht und wahre Gottheit voraussetzt. Alles Geschaffene entbehrt der Wahrheit und ist behaftet mit dem Unterschiede von Seyn und Scheinen, von Wort und That, von Glauben und Wirklichkeit. Wer in der Welt des Scheins eine Sehnsucht nach dem wahrhaftigen Dasein hat, der findet nur dann Befriedigung, wenn er das Herz emporhebt zu dem Vater und dem

Sohne, welche die Fülle der Wahrheit mit einander gemein haben. Nur der Wahrhaftige ist werth gefürchtet, werth geliebt zu werden, und was sich zwischen uns und den Wahrhaftigen stellen, was Ihn von uns scheiden will, das muß um jeden Preis, auch um den des Lebens beseitigt werden.

„Johannes zeuget von ihm und rief und sprach: dieser war es von dem ich sprach: der nach mir kommt, ist mir vorangegangen; denn er war eher denn ich." Der Gedanke ist das vorweltliche Daseyn Christi, seine übermenschliche Natur und Würde. Daß die Bezeugung durch Johannes das Untergeordnete ist, zeigt die Art und Weise, wie der Evangelist im gleich Folgenden seine eigne Gedankenentwicklung an den Ausspruch des Täufers anknüpft. Daß Christus unbedingt über das Menschliche erhaben ist, dessen höchster Träger Johannes, steht sehr passend zwischen dem: voller Gnade und Wahrheit, und dem: „und aus seiner Fülle haben wir alle genommen, und Gnade um Gnade." Derselbe Ausspruch des Täufers, der hier im Zusammenhange des Prologes verwandt wird, kehrt bald darauf (B. 30) im historischen Zusammenhange wieder. Daraus ersehen wir, daß er bei der Taufe Christi gethan wurde, bei welcher der Täufer die göttliche Gewißheit erhielt, daß Jesus der Christ sey, auf dessen Ankunft er bis dahin vorbereitet hatte ohne ihn zu kennen. — Johannes hatte früher, vor der Taufe Christi, und ehe er ihn mit göttlicher Gewißheit als den Messias kannte, gesagt: „der nach mir kommt ist mir vorangegangen." Diese Worte ruhen auf der Weissagung Maleachis (3,1): „Siehe ich sende meinen Boten und er bereitet den Weg vor mir." Dort erscheint auf der einen Seite der Bote, also Johannes der Täufer, als Vorläufer des Messias, auf der andern Seite aber auch wieder der Messias als Vorgänger des Boten: denn er ist es, der ihn sendet und sich durch ihn den Weg bereiten läßt. Jetzt, da der Täufer Christus erblickt, wiederholt er seinen früheren Ausspruch und begründet seine Aussage, daß er auf Ihn gehe, durch die Worte: „denn Er war früher denn ich." Diese Worte decken sich in der Hauptsache mit dem: er ist mir vorangegangen, und können eben deshalb nicht als Beftandtheil der früheren Rede des Johannes betrachtet werden. Daß Christus, der jetzt leibhaftig vor ihm stehende, nach dem eben erhaltenen Zeugnisse Gottes früher war als Johannes, bildet den Grund seiner Identität mit dem früher von Johannes Bezeichneten.

„Und aus seiner Fülle haben wir Alle genommen, und Gnade um Gnade." Nachdem der Evangelist angeführt, was Johannes von Christo bezeugt, fügt er hinzu, was der Heiland nach der Erfahrung aller Gläubigen gewährt und somit ist; nachdem er ihn mit den Worten des Täufers als erhaben über alle Menschen bezeichnet, berichtet er, wie diese Erhabenheit sich darin bewährt, daß seine Fülle, wie die Gottes, dessen Brünnlein, wie der Psalmist sagt, Wassers die Fülle hat, für alle hinreicht, die aus ihr schöpfen wollen. — „Und — fügt der Evangelist hinzu — Gnade anstatt der Gnade," nämlich: haben wir genommen. Daß die Gnade anstatt der Gnade empfangen wird, weist darauf hin, daß immer eine neue Gnade an die Stelle der alten tritt, daß Christus nicht einmal, oder nur hier und da reich ist für die Seinen und sie dann wieder hungern und darben läßt, sondern daß sie stets von Neuem trunken werden von den Gütern seines Hauses. Parallel ist es dem: Gnade um Gnade, wenn von dem Jehova des A. B. gerühmt wird, daß er den Seinen stets Veranlassung gebe ein neues Lied zu singen, in Folge neuen Werkes, neuer Offenbarung seiner Herrlichkeit. Bei dem Uebergange aus dem diesseitigen Daseyn in das jenseitige, der durch das Thal des Todesdunkels hindurchführt, bewährt sich das umfassende und vielseitige: Gnade um Gnade, besonders herrlich. Es ist eine selige Vertauschung der einen Gnade, der Bewahrung bei dem Zuge durch die Wüste dieses Lebens, mit seinem Sonnenbrande und seinem Hunger und Durste, gegen die andere, da die Gläubigen vor dem Throne Gottes stehen und ihm dienen Tag und Nacht in seinem Tempel, da keine Sonne auf sie fallen wird noch irgend eine Hitze und da das Lamm sie führen wird und leiten zu den lebendigen Wasserquellen. „Gnade um Gnade," das hat in diesem Sinne der in der jüngsten Vergangenheit aus der strei-

tenden Kirche in die triumphirende hinüber berufene theure Zeuge
des Herrn, Gen.-Sup. Dr. Sartorius erfahren, der vier De-
cennien hindurch treu zu seinem Herrn und Heilande gestanden
hat und nun ausruht von seiner Arbeit in dem Schoße der heiligen Liebe, deren Bild nicht bloß von ihm gezeichnet wurde,
vielmehr aus ihm wiederstrahlte. Gnade um Gnade, das wird
uns auch veranschaulicht durch den Heimgang des treuen Hirten,
der kürzlich unter uns unmittelbar von dem seligsten Geschäfte,
der Darreichung des Leibes und Blutes des Herrn, hinübergenom-
nommen wurde in die ewigen Hütten, in die wenige Wochen
vorher der selige Dr. Sander ihm vorangegangen war. Möge
unsere Seele sterben des Todes dieser Gerechten und unser Ende
seyn, wie ihr Ende! — Auch das aber ist Gnade um Gnade,
wenn wir in dem diesseitigen Daseyn statt der Gnade der Er-
quickung, der Zeiten, da wir in das: der Herr ist mein Hirte,
fröhlich einstimmen können, die Gnade des Kreuzes empfangen,
das verborgene Manna, zur wirksameren Vorbereitung auf
die Gnade der Herrlichkeit.

„Denn das Gesetz ward durch Moses gegeben, die Gnade
und die Wahrheit ist durch Jesum Christum geworden." Auch
die Gebung des Gesetzes war von Wirkungen der Gnade be-
gleitet, theils um die Erfüllung desselben zu ermöglichen, theils
um den Gehorsam zu belohnen. Es war auch für das A. T.
kein leerer Titel, wenn Gott in den Büchern Mose's als „reich
an Huld" bezeichnet wird. Aber im Vergleiche mit der durch
Christum gewordenen Gnade verschwindet die unter dem A. B.
waltende so völlig, daß der Evangelist sie ignoriren, daß er den
an sich relativen Gegensatz als absoluten darstellen kann, grade
so wie er im Vorhergehenden das Licht erst mit der Erscheinung Christi in die Welt kommen ließ. Die Nacht wird durch
das kleine Licht, den Mond, erhellt, aber im Vergleiche mit dem
Tage, dem das große Licht angehört, erscheint sie als Finsterniß. Im Ganzen und Großen ist das Gesetz gegeben, um den
Menschen als Zuchtmeister auf Christum elend und erlösungs-
bedürftig zu machen, die Gnade ist den mühselig und beladen
gewordenen erst durch Christum gekommen. Dank sey Gott, daß

wir nicht unter dem Gesetze, sondern unter der Gnade sind! Möchten wir nicht durch unsere eigne Schuld verkümmern! Möchten wir Christo durch unsere opferwillige Treue, durch unser „Gehorsamseyn in Lieb und Leid" für seine Gnadenfülle danken! — Mit der Gnade wird die Wahrheit verbunden. Diese fehlt dem Gesetze, weil die Gnade; das ist die wahrhaftige Gabe. Das Gesetz wird unwahr, wenn vollständige Befriedigung des religiösen Bedürfnisses bei ihm gesucht wird. Das ist aber kein Tadel für das Gesetz. Es soll eben nach der Absicht Gottes solche absolute Befriedigung nicht gewähren. Es ist nicht das Ende der Wege Gottes mit seinem Volke, sondern der Anfang. Es soll nicht erquicken, sondern mühselig und beladen machen. Der Evangelist weist auch hier auf das A. T. Die Weissagung Michas, die dem Volke Gottes so manches Harte und Schwere anzukündigen hatte, läuft aus in die Worte seliger Zuversicht: „Geben wirst Du Wahrheit an Jakob, Gnade an Abraham, wie Du geschworen hast unsern Bätern seit den Tagen der Urzeit." Die herrliche Erfüllung solcher Zusage hat der Evangelist mit Augen gesehen. In Christo ist dem Volke Gottes solche Gabe der Gnade und Wahrheit wahrhaftig zu Theil geworden.

„Gott hat Niemand jemals gesehen; der eingeborne Sohn, der in dem Schooße des Baters ist, der hat es uns verkündiget." Mit dem vorigen Verse findet hier, wie keine Partikelverbindung, so auch kein näherer Zusammenhang statt. Es wird eine andere Seite der Gabe Christi uns vorgeführt. Wer ohne Christum ist, der ist ausgeschlossen von der Erkenntniß Gottes und somit von dem Quell alles Lebens und aller Seligkeit. Das ist ein Satz, der von der Erfahrung nicht minder laut bezeugt wird, wie von dem Worte Gottes. Was hat der christumleugnende Deismus und Humanismus jetzt noch von seinem Gotte übrig behalten, geschweige denn von dem wahrhaftigen Gott? Was er einst noch hatte, das war nur das Abendroth des Glaubens an Christum — jetzt, da sein Wesen sich völlig entfaltet hat, ist es bei ihm dunkle Nacht geworden. Wer nimmt es nicht mit Lächeln auf, wenn noch von „Religion" und „Religionslehrern" bei den „freien Gemeinden" geredet wird? Die Mitglieder solcher Gemeinden sehen sich ohne Zweifel selbst an, wie einst die Römischen Augurn, wenn sie noch unter dem Schein der Religion zusammenkommen. Wir können nicht auf eigne Hand zu dem höchsten Gotte hindurchbringen, der in einem unzugänglichen Lichte wohnt. Wer sich erfrecht es zu thun, der umarmt eine Wolke, die bald unter den Händen zerrinnt. Christus hat uns durch seine Erscheinung im Fleische und durch seine Offenbarung im Worte, im heiligen Sacramente und im Geiste, durch sein Walten in der von ihm gegründeten Kirche, in der er stets gegenwärtig ist, Gottes Wesen nahe gebracht. Wer zu Gott will wende sich zu Christo, denn wer ihn siehet, siehet den Vater, und Niemand kommt zum Vater denn durch ihn. — Es fragt sich wie der Satz: Gott hat Niemand jemals gesehen, mit Jacobs Ausspruche zu vereinigen sey: „ich sah Gott von Angesicht zu Angesicht" (1 Mos. 32, 31), mit der Aussage, daß Moses die Gestalt Gottes schaute (4 Mos. 12, 8), daß die Aeltesten des Volkes den Gott Israels sahen (2 Mos. 24, 10) und so manchen ähnlichen Stellen des A. T. Die oft verfehlte richtige Antwort ist, daß durch den Gegensatz gegen den Sohn, Gott hier näher bestimmt wird als Gott der Vater. Jene alttestamentlichen Stellen aber beziehen sich nicht auf Gott den Vater. Durch das ganze A. T. zieht sich die Lehre von dem Engel des Herrn, dessen Vermittlung überall, wo Gott zu Sterblichen in Beziehung tritt, hinzuzudenken ist, auch wo ihrer nicht ausdrücklich gedacht wird. Denn die zahlreichen Stellen, welche ihrer bestimmt erwähnen, ruhen auf der Anschauung, daß es eine Nothwendigkeit in dem Wesen Gottes ist, sich nicht ohne solche Vermittlung kund zu geben. — Es heißt nicht: der in dem Schooße des Vaters war, sondern der in dem Schooße des Vaters ist. Die Innigkeit des Verhältnisses, welche durch das im Schooße des Vaters seyn bezeichnet wird, wurde durch die Menschwerdung nicht getrübt. Dem lebendigen Glauben an die Gottheit Christi steht das von vornherein fest.

3

Wir sind am Ziele. Haben wir durch die Betrachtung der Worte Johannis des Theologen einen Einblick erlangt in die Herrlichkeit Christi, so ist das Erste, daß wir von tiefer Schaam und Beschämung ergriffen werden. Angesichts des: heilig, heilig, heilig ist Jesus Christus, alle Lande sind seiner Ehre voll, welches uns hier überall entgegentönt, kommt uns unsere Verzagtheit und unser Zweifelmuth inmitten der Gefahren, welche die Kirche Christi jetzt umringen, zum schmerzlichen Bewußtseyn, unsere Untreue in seinem Dienste, unsere Schlaffheit, wo Alles so dringend zur Aufbietung aller Kräfte auffordert, unsere Scheu für seine heilige Sache zu leiden, unser Mangel an Opferfreudigkeit. Mit einem Kyrie eleison sinken wir auf die Knie. Das ist das Erste, aber damit ists nicht allein gethan. Jesaias, da er seine Herrlichkeit sah, sprach zuerst: „wehe mir, ich bin verloren, denn ich bin ein Mann unreiner Lippen und unter einem Volke unreiner Lippen wohne ich", aber er ließ sich dann auch durch den Seraph mit der glühenden Kohle vom Altar berühren, und wurde in Folge dessen zu einem neuen Manne wiedergeboren, mit heiliger Energie und unbezwinglichem Muthe erfüllt, daß er sich bereit erklärte, die bedenkliche Mission zu übernehmen, daß er seine Stimme laut machte wie eine Posaune und seinem Volke ihr Uebertreten verkündete und dem Hause Jakobs ihre Sünde. Der heilige Johannes selbst, da er Christum in seiner vollen Glorie gesehen hatte, fiel zu seinen Füßen als ein Todter. Aber nachdem Christus seine rechte Hand auf ihn gelegt hatte und zu ihm gesprochen: fürchte dich nicht, erhob er sich im heiligen Glaubensmuthe und stärkte seine Mitgenossen an der Trübsal. „Mir nach, spricht Christus, unser Held, mir nach ihr Christen alle, verläugnet euch, verlaßt die Welt, folgt meinem Ruf und Schalle", das leuchtet mit Flammenschrift, das wird ein brennend Feuer in unseren Gebeinen, wenn wir den rechten Einblick in die Herrlichkeit Christi erlangt, wenn wir erkannt haben, daß das Wort: unser Gott ist ein verzehrend Feuer, so wie von Gott dem Vater, so auch von Ihm gilt, wenn wir das Auge richten auf sein Angesicht, welches leuchtet wie die helle Sonne, und auf das scharfe zweischneidige Schwert, das aus seinem Munde geht.

Ehre sey dem Vater und dem Sohne, und dem Heiligen Geiste. Amen!

Druck von Trowitzsch u. Sohn in Berlin.